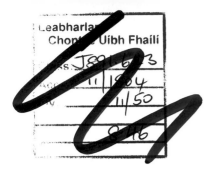

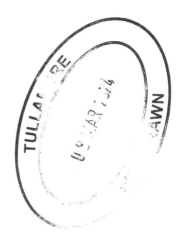

Do gach duine a thugann aire do pháistí óga
F.S.

Do Théophile agus do Ladislas
V.H.

Foilsithe den chéad uair ag Mijade Publications,
An Bheilg faoin teideal
Nina et le Chat © 2008 Mijade.

Buntéacs © Asala Publications, An Liobáin.
Maisiú © 2008 Vincent Hardy
Leagan Gaeilge © 2008 – an chéad chló - Futa Fata.

Glacann Futa Fata buíochas le COGG (An Chomhairle um
Oideachas Gaeltachta agus Gaelscolaíochta) faoi chúnamh
airgid a chur ar fáil don fhoilseachán seo.

An Chomhairle um Oideachas
Gaeltachta & Gaelscolaíochta

ISBN: 978-1-906907-02-0

Fatima Sharafeddine

Vincent Hardy

Neilín
agus an Cat

Leagan Gaeilge le Tadhg Mac Dhonnagáin

Futa Fata

Bhí Mamaí agus Daidí eilifint sona sásta. Bhí babaí nua acu.
Neilín ba ainm di agus bhí sí go hálainn!

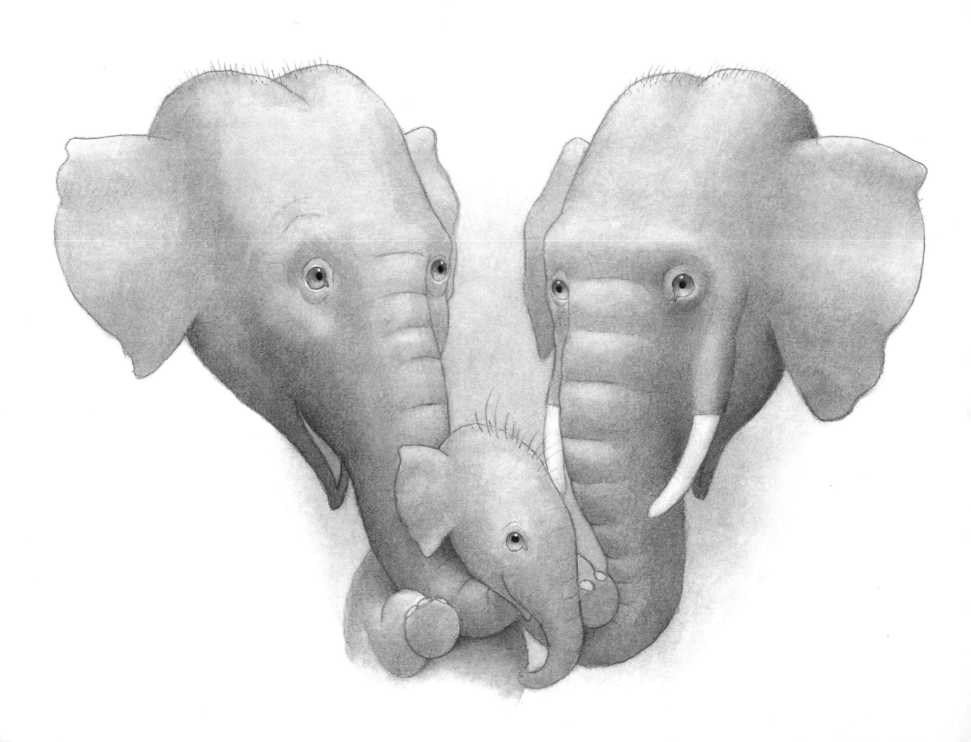

"Tá sí chomh greannmhar" a deir Daidí eilifint.
"Agus chomh cliste!" a deir Mamaí.
"Is breá liom an lá a chaitheamh léi!"

Ach tháinig an lá go raibh ar Mhamaí agus Daidí eilifint
imeacht ar ais ag obair arís. "Cé a thabharfaidh aire
do Neilín i gcaitheamh an lae?" a deir Mamaí.
"Tá sí róbheag le teacht linn isteach san fhoraois" a deir Daidí.

Bhí cat mór buí ag éisteacht le Mamaí agus Daidí eilifint ag caint.
"Tabharfaidh mise aire di" a deir an cat. "Má thugann sibh babhla bia dom gach lá,
coinneoidh mé Neilín slán sábháilte".

"An-phlean!" a deir Daidí eilifint.
"Meas tú?" a deir Mamaí. "Ná bí buartha"
a deir Daidí. "Beidh sí go breá leis an gcat
deas sin" "Níl a fhios agam faoi sin"
a deir Mamaí. Ach d'imigh sí léi agus í
beagán buartha.

"Beidh an-spraoi againn
a Neilín" a deir an cat.
"Fan go bhfeicfidh tú!"

Bhí Neilín an-sásta.
Thaitin an cat go mór léi.

Bhí go leor cleasanna iontacha ag an gcat.
Bhí sí in ann dreapadh suas sna crainnte. Bhí sí in ann
faitíos a chur ar éanacha. Bhí sí in ann í féin a ní lena teanga.
Bhí an-spraoi ag Neilín agus í féin le chéile.

Nuair a tháinig Mamaí agus Daidí eilifint
ar ais ón obair, bhí Neilín sona sásta.
"Nár dhúirt mé leat?" a deir Daidí.
"Tá sí an-sásta leis an gcat deas sin".
"Meas tú?" a deir Mamaí.

An Satharn ina dhiaidh sin,
bhí cuireadh ag Neilín chuig breithlá
a col ceathair, Naoise.

Theastaigh ó Neilín cuid dá cleasanna nua a thaispeáint do na heilifintí eile.
Thosaigh sí á ní féin lena teanga. Bhí ionadh ar na heilifintí móra eile.
"Tá sí á ní féin mar a bheadh cat ann!" a deir Aintín Eibhlín.

Bhí cleas eile ag Neilín. Suas léi ar chrann in aice láimhe.
"An eilifint í sin nó cat?" a deir Uncail Éamon. "Cuir stop léi,
nó beidh na heilifintí beaga ar fad ag iarraidh na crainn a dhreapadh!"

Bhí Mamaí Neilín náirithe. "Gabh anuas anseo ar an bpointe boise!"
a deir sí le Neilín. "Tá tusa ag teacht abhaile liomsa – anois díreach!"

An tráthnóna sin, labhair Mamaí agus Daidí eilifint. "Bhí a fhios agam
nach mbeadh sí ceart go leor leis an gcat sin!" a deir Mamaí.
"Tá mé náirithe!" "B'fhéidir go bhfuil an ceart agat" a deir Daidí.
"Caithfimid fáil réidh leis an gcat" a deir Mamaí "agus sin a bhfuil faoi!"

Ar maidin, dúirt Daidí leis an gcat nach raibh
cead aici aire a thabhairt do Neilín níos mó.
"Ach cé a bheidh ag tabhairt aire dom?" a deir Neilín.
"Mise" a deir Mamaí. "Fanfaidh mise sa bhaile inniu."

Síos chuig an abhainn le Neilín agus Mamaí. "Isteach leat anois a stóirín"
a deir Mamaí, "Tá tú lofa salach!" "Níl mé ag dul isteach ansin" a deir Neilín.
"Ní maith liom uisce!"

Bhí Mamaí trína chéile.
"Siúil go mall!" a deir sí le Neilín.
"Ná bí ag rith agus ag léim – is eilifint thú!
Isteach leat sa líne leis na heilifintí eile!"

Ag am dinnéir, thaispeáin Mamaí do Neilín
an bealach ceart don eilifint a béile a ithe.
"Bris píosa anuas den
chrann le do thrunc"
a deir sí.
"Ansin, isteach
i do bhéal leis.
Tá sé go hálainn blasta!"
Ach níor chuir Neilín
suim ar bith ann.
Bhí uaigneas uirthi. "Tá mé ag iarraidh spraoi leis an gcat" a deir sí.
"Bhí an-spórt againn le chéile".

Bhí Mamaí buartha faoina babaí beag.
"Beidh sí go breá" arsa Daidí
nuair a tháinig sé abhaile ón obair.
"Is gearr go ndéanfaidh sí dearmad
ar an gcat – fan go bhfeicfidh tú".

An oíche sin, bhí Mamaí agus Daidí agus Neilín
ina gcodladh nuair a thosaigh gleo aisteach.
"Ííícc! ííccc! ííccc!" a chuala siad.

Dhúisigh Mamaí. Dhúisigh Daidí.
Dhúisigh Neilín. "Luch atá ann!" a deir Daidí.
Bhí faitíos ar Dhaidí. Bhí faitíos ar Mhamaí.
"Luch!" a bhéic siad le chéile.

Ach ní raibh faitíos ar bith ar Neilín. Síos ar an urlár léi.
"Bí cúramach!" a bhéic Daidí. Amach lena trunc le Neilín.
"Bí cúramach!" a bhéic Mamaí. Rug Neilín ar an luch lena trunc.

Phioc Neilín suas an luch agus amach as an teach léi.
"Imigh leat anois a luichín!" a deir sí agus scaoil sí saor an luch.

"Is é an cat a mhúin an cleas sin dom" a deir Neilín.
"An bhfuil cead aici teacht ar ais agus aire a thabhairt dom?
Bíonn an-spraoi againn le chéile".

An lá dar gcionn, tháinig an cat ar ais.
Ón lá sin amach, bhí sí féin agus Neilín le chéile i gcónaí.
Agus is acu a bhí an spraoi!